104

Die Spiegel auf Dingsda sind nicht
so schlau wie der Einstein.
Aber sie haben viel Gefühl.
„ÜRXZÜPTÜRPXZÜ“,
sagt der kleine Dings.
Das bedeutet: „Aha.“

Er klettert in sein Riesentelefon
und ruft in der Schule an.

Doch der kleine Dings seufzt.
Seine Jahresnummer kribbelt
und zwickt.
Er geht ins Badezimmer.
Dort hängen drei Spiegel.
Für jedes Ohr einer.
„Meine Nummer tut
so seltsam weh“,
sagt der kleine Dings.
„Bin ich krank?“
„Nein“, blitzt Spiegel eins.
„Du bist fit wie ein Düsenfahrrad.“
„Aber nicht verliebt“,
glitzert Spiegel zwei.
„Also verliebe dich“,
funkelt Spiegel drei.

Leserabe
2. Lesestufe

Martin Klein

Der kleine Dings ist verliebt

Mit Bildern von Kerstin Meyer

Ravensburger Buchverlag

Bibliografische Information Der Deutschen Bibliothek:

Die Deutsche Bibliothek verzeichnet diese Publikation
in der Deutschen Nationalbibliografie.
Detaillierte bibliografische Daten sind im Internet
über **http://dnb.ddb.de** abrufbar.

**Die Schreibweise entspricht den Regeln
der neuen Rechtschreibung.**

3 2 1 05 06 07

Ravensburger Leserabe

Umschlagbild: Kerstin Meyer
Umschlagkonzeption: Sabine Reddig
Redaktion: Sabine Schuler
Printed in Germany
ISBN 3-473-36063-5

www.ravensburger.de
www.leserabe.de

Inhalt

Frühling auf Dingsda

Auf dem Planeten Dingsda
ist Frühling.
Am Himmel tanzen
drei Sonnen Ballett.
Die Blumen pfeifen
und die Steine färben sich bunt.
Sogar der Einstein wird
grün und blau.
Das ist schön.

„Heute kann ich nicht kommen“,
sagt er. „Ich will mich verlieben.“

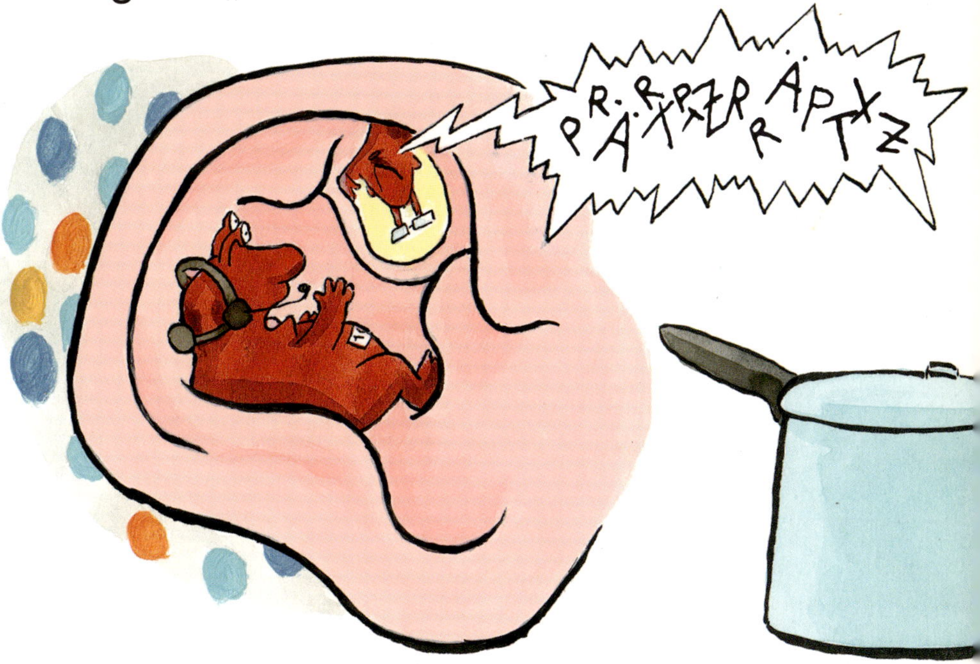

„PRÄRXPTZRRÄPTXZ“,
erwidert die Lehrerin.
Das bedeutet:
„Na, dann viel Erfolg!“
Verlieben kommt vor Schule.
Das ist doch klar.

Juhu!

Der kleine Dings steigt
in sein Raumschiff.
Ich mache einen Ausflug zur Erde,
denkt er.
Die ist blau und grün
wie der Einstein im Frühling.
Aber man kann besser
darauf landen.

Der kleine Dings zischt los.
Der Weg führt
die Milchstraße entlang.
Der Pilot umkurvt geschickt
ein paar runde Weltraumecken.
Dahinter kommt die Erde in Sicht.

Der kleine Dings landet im Gras.
„ÜRFPTXTÜHÜ!", ruft er.
Das bedeutet: „Juhu!"
Er kann nämlich schon
seit drei Jahren fliegen.
Zum ersten Mal ist ihm nun
eine weiche Landung
geglückt.

Auch auf der Erde ist Frühling.
Die Sonne scheint warm.
Der kleine Dings reckt sich wohlig.
Die Luft riecht gut.
Der kleine Dings schnüffelt eifrig.

Viele schöne Wesen stehen
um ihn herum.
Der kleine Dings staunt sie an.
Sie leuchten in der Sonne.
Sie betrachten ihre Farben
in einem blauen Spiegel.
Ich hab’s gleich gewusst,
denkt der Dings.
Die Erde ist der richtige Ort
zum Verlieben.

Der seltsame Spiegel

Der kleine Dings schaut
ins Wasser.

„Bist du umgefallen, Spiegel?“,
fragt der kleine Dings.
„Moment, ich stelle dich
wieder auf.“

Er fasst kräftig zu.
Das Wasser spritzt hoch.
Das Spiegelbild zerreißt.
Der Dings wird nass.
Andere Planeten, andere Spiegel.
„RZTYÄRX!“, ruft der Dings.
Das heißt übersetzt: „Huch!“
Er macht einen Purzelbaum
rückwärts.
So bittet man auf Dingsda
um Entschuldigung.

Das Wasser beruhigt sich.
Alles klar. Nichts passiert.
Der Dings landet
vor einem schönen Wesen.
Es hat einen schlanken Stängel
und einen leuchtend gelben Kopf.

Es ist ein Löwenzahn.
Der kleine Dings beginnt
zu schielen.
Das bedeutet: „Ich finde dich nett.“
Dann wackelt der Dings
mit allen drei Ohren.
Er fragt auf diese Weise:
„Willst du mich kennen lernen?“

Der Löwenzahn schweigt.
Schweigen ist im Weltraum
allgemein bekannt.
Es könnte heißen:
Ich bin schüchtern.
Frag später noch mal.

„Vielleicht“, sagt der Dings,
„vielleicht aber auch nicht.“
Denn die Auswahl zum Verlieben
ist groß.

Schöne Wesen

Der kleine Dings schaut
sich um.
Nicht weit entfernt wächst
ein tolles Geschöpf.
Es hat einen herrlich
roten Kopf.
Alle Dingsdaner lieben
diese Farbe sehr.
Der Dings streckt
der tollen Roten
die Zunge heraus.
Das ist auf Dingsda
so üblich.
Alle freuen sich,
wenn es geschieht.

Es bedeutet:
He, du! Ich finde dich gut!
Doch die Tulpe ist sehr beschäftigt.
Der kleine Dings wendet sich
höflich ab.
Die schöne Rote ist schon
vergeben.

Der kleine Dings seufzt.
Er setzt sich unter den Kirschbaum.
Im Garten weht eine Frühlingsbrise.
Weiße Flocken rieseln herab
wie duftender Schnee.
„XBZBZBZ? XTRFTFRZ!“,
ruft der Dings gerührt .
Das heißt: „Für mich?
Wie wunderbar!“

Er nimmt den dicken Stamm
in die Arme.
Er schließt die Augen.
Der dicke Kirschbaum verschenkt
seine Blüten.
Der kleine Dings träumt
vom Verlieben.

Verlieben und Abendessen

Der kleine Dings spürt
eine Berührung.
Etwas Kühles und Feuchtes.
Jemand schnuppert ihn an.
Jemand riecht würzig.
Jemand zum Verlieben?
Nein.

Die feuchte Nase gehört
einem alten Bekannten.
Der kleine Dings kennt ihn
schon seit drei Dings-Büchern.
„Hallo, Mensch!“, ruft der Dings.
„Wie geht’s?“
Kleiner Irrtum.

„Der komische Vogel ist wieder da!“, bellt der Dackel.
„Wie schön!“
Noch ein kleiner Irrtum.
Aber das ist nicht wichtig.
Der Dings und der Dackel mögen sich leiden.

„Weißt du jemanden zum Verlieben, Mensch?“, erkundigt sich der Dings.

Der Dackel holt einen Knochen.

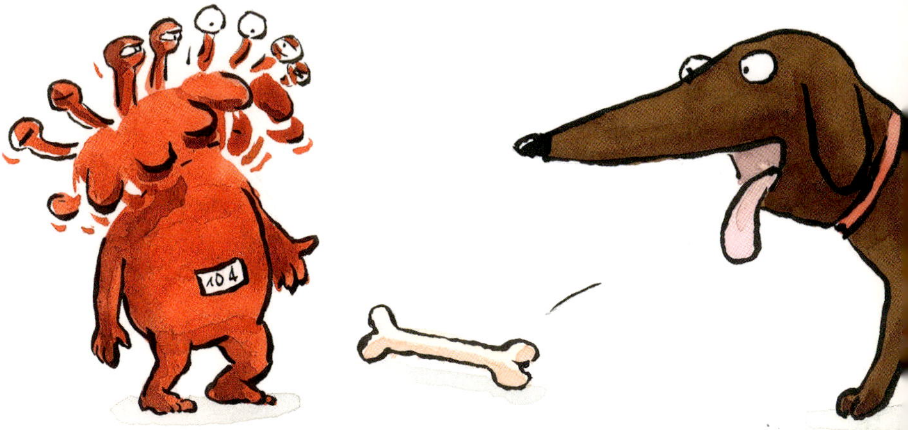

Der Dings schüttelt den Kopf.

Der Dackel holt ein Stöckchen.

„Nein“, sagt der Dings.

Der Dackel holt seinen Freund.
Er wohnt im Nachbargarten.
Es ist Hartmut, der Boxer.
Er hat einen freundlichen
Knautschkopf.
Er schlabbert mit der Zunge.

„OXXX!“, macht der Dings.
Das bedeutet: „UÄÄÄ!“
„Hartmut!“, ruft eine Stimme.
„Aus!“
„Das ist Frauchen“,
bellt der Dackel.

Die Stimme gehört
einem Mädchen.
Sie hat Löwenzahn gepflückt
und eine Kette daraus geflochten.
„Nanu?!“
Sie schaut den Dings verdutzt an.
„Was bist du denn für einer?“
Der Dings schaut sie verzaubert an.

„PRZTXXYCGHTTRTRWRX“,
haucht er.
Das heißt:
„Du bist die Richtige für mich.“

„Bist du vielleicht
ein komisches Marsmännchen?“,
überlegt das Mädchen.
„Ich dachte immer, es gibt keine.“
Der Dings schaut zu Boden.
„Ich bin der kleine Dings“,
murmelt er.
Er wird noch röter als rot.
Er ist bis über alle drei Ohren
verliebt.

„Na, egal“, sagt sie.
„Kommst du mit
zum Abendessen?“

Was?!

Wie?!

Wo?!

So spät schon?!

Der Dings erschrickt.

Er muss zum Abendessen

wieder zu Hause sein!

Verliebtsein hin oder her.

Eilig besteigt er sein Raumschiff
und startet.
„Tatsächlich:
ein lustiger, kleiner Alien“,
stellt das Mädchen fest.

Sie winkt dem Raumschiff
aus dem Garten hinterher.
Der Dackel und der Boxer
schauen zu.

Der kleine Dings fliegt
ein tolles Herz.
Dann dreht er Richtung Dingsda ab.
Es ist sehr schön sich zu verlieben.
Doch das Abendessen
kann nicht warten.

MARTIN KLEIN PRZTXXYMN VCSPH – VFGH, ÖRXZTCIH ÄRXTHJÜLMPFL BRFGKLNBIDRQ.*

*__Martin Klein__ wurde auf dem Planeten Dingsda geboren, lebt aber seit vielen Jahren auf der Erde. Er wohnt in Potsdam und Berlin und hat schon viele Bücher mit Geschichten gefüllt. Er schreibt, damit Menschenkinder verstehen, was Außerdingsdaische wie Kerstin Meyer darstellen wollen.

Kerstin Meyer lebt seit 1966 als Mensch auf der Erde. Sie wohnt in Hamburg und hat schon viele Bücher mit schönen Bildern geschmückt. Sie malt, damit Menschenkinder verstehen, was Außerirdische wie Martin Klein sagen wollen.

Leserätsel
mit dem Leseraben

Super, du hast das ganze Buch geschafft! Hast du die Geschichte ganz genau gelesen? Der Leserabe hat sich ein paar spannende Rätsel für echte Lese-Detektive ausgedacht. Mal sehen, ob du die Fragen beantworten kannst. Wenn nicht, lies einfach noch mal auf den Seiten nach. Wenn du die richtigen Antwortbuchstaben in die Kästchen auf Seite 42 eingesetzt hast, bekommst du das Lösungswort.

Fragen zur Geschichte

1. Warum kann der kleine Dings nicht zur Schule gehen? (Seite 9)
K : Er ist krank.
D : Er will sich verlieben.

2. Wohin fliegt der kleine Dings mit seinem Raumschiff? (Seite 10/11)
I : Er fliegt zur Erde.
M : Er fliegt zu den drei Sonnen.

3. Warum verliebt sich der kleine Dings zuerst in die Tulpe? (Seite 22)

N: Sie hat einen herrlich roten Kopf.

B: Sie streckt dem kleinen Dings die Zunge heraus.

4. Wen trifft der kleine Dings auf der Erde wieder? (Seite 27)

K: Er trifft einen Freund vom Planeten Dingsda.

S: Er begegnet seinem alten Bekannten, dem Dackel.

5. In wen verliebt sich der kleine Dings bis über alle drei Ohren? (Seite 34/35)

A: Er verliebt sich in das Mädchen mit dem Hund.

L: Er verliebt sich in Hartmut, den Boxer.

Lösungswort:

1	2	3	G	4	D	5

Rabenpost

Super, alles richtig gemacht! Jetzt wird es Zeit für die RABENPOST.
Schicke dem LESERABEN einfach eine Karte mit dem richtigen Lösungswort. Oder schreib eine E-Mail.
Wir verlosen jeden Monat 10 Buchpakete unter den Einsendern!

An den LESERABEN
RABENPOST
Postfach 20 07
88 190 Ravensburg
Deutschland

leserabe@ravensburger.de
Besuche mich doch mal auf meiner Webseite:
www.leserabe.de

Leserabe

1. Lesestufe für Leseanfänger ab der 1. Klasse

ISBN 3-473-36038-4

ISBN 3-473-36036-8

ISBN 3-473-36014-7

ISBN 3-473-36037-6

2. Lesestufe für Erstleser ab der 2. Klasse

ISBN 3-473-36043-0

ISBN 3-473-36041-4

ISBN 3-473-36039-2

ISBN 3-473-36021-X

3. Lesestufe für Leseprofis ab der 3. Klasse

ISBN 3-473-36054-6

ISBN 3-473-36051-1

ISBN 3-473-36024-4

ISBN 3-473-36052-X

Gute Idee.

Ravensburger